Silvio Pellico

Ebelino

CANTICA.

L'idea di questa cantica non è tutta mia. Il tema vennemi fornito da un romanzo storico tedesco, ch'io lessi già tempo, e di cui ignoro l'autore. Il merito letterario di quel libro mi pareva debole, ma il personaggio d'Ebelino vi spiccava con tratti forti, e mi rimase vivamente impresso nella fantasia, come nobile modello di pazienza ne' dolori. Ivi narravasi d'Ebelino, non so con qual fondamento, ch'ei fosse un povero cavaliero scacciato nell'adolescenza con atroci minaccie di morte da sette disumani fratelli, e divenuto uno de' liberatori della regina Adelaide. Questo giovane prode passato in Germania coll'illustre vedova di Lotario, allorch'ella sposò in seconde nozze Ottone I, dipingevasi dal mio autore quale un nuovo Giuseppe alla corte d'Egitto, potentissimo e sapientissimo; e a fine di meglio somigliare al vicerè di Faraone, Ebelino scopriva anche i suoi fratelli, venuti d'Italia a Bamberga senza che immaginassero chi egli fosse, e perdonava loro. Conservata alcun tempo la sua alta fortuna sotto Ottone II, cadeva poscia vittima d'un traditore collegato a molti invidi rivali; ma il traditore stesso, agitato da visioni spaventevoli, confessava indi a poco l'innocenza dell'immolato Ebelino.

EBELINO.

Si bona suscepimus de manu Dei, mala

quare non suscipiamus!

JOB. 2, 10.

Inno d'amore e di compianto al giusto,

Al giusto denigrato! Ebelin, fido

Campion del magno Ottone e consigliero,

Colui che al generoso Imperadore

Verità generose favellava,

E i biasimati torti indi con mente

Pronta e amorevol correggea e sagace;

Colui, che, senza ambizïon nè orgoglio,

Spesso invece del sir ponea la destra

Al timon dell'impero, e lo volgea

Del sir con tanta gloria e securanza,

Che questi, anco in cimento arduo serrando

Le auguste ciglia al sonno, a lui dicea:

"Vigila or tu, che il signor tuo riposa;"

Quell'Ebelin, che, lagrimato il sacro

Cener del magno Otton, d'Otton novello

Fu parimente lunghi anni sostegno

Di giustizia nel calle, e guida e sprone;

Sì che a nessun parea che dilettoso

Ne' poveri tuguri e nelle sale

Fervesse crocchio, ove lodato il nome

Non fosse d'Ebelin, - quell'Ebelino

Morì esecrato, ed era giusto! Amore

E compianto agli oppressi!

Un dì l'Eterno,

Come a' giorni di Giobbe, al suo cospetto

Avea tutti gli spirti, e a Sàtan disse:

- Onde vieni?

E il maligno: - Ho circuita

Dell'uom la terra, e non rinvenni un santo.

Ed il Signore: - O di calunnie padre,

Non vedestù l'amico mio Ebelino,

Ch'uomo a lui simil non racchiude il mondo

Tanta in prosperi dì serba innocenza?

E l'angiol di menzogna ambe le labbra

Si morse, e crollò il capo, e disdegnoso

Disse: - Ebelin? Dov'è il suo pregio? Ei t'ama

Perché di beni è colmo. Il braccio or alza,

Percuotilo, e vedrai s'ei non t'imprechi.

Ed il Signor: - Giorni di prova a' retti

Forse non io so stabilir? Va; pongo

Entro a tue mani dispietate or quanto

Agli occhi della terra Ebelin porta,

Fuorchè la vita.

L'avversario allora

Avventossi precipite dal grembo

Della nembosa nube, onde i mortali

Atterria lampeggiando; ed in un punto

Fu su roccia dell'alpi. Ivi gigante

Si soffermò, e da questo lato i campi

Della lieta penisola mirando,

E dall'altro le selve popolose

De' boreali, l'una all'altra palma

Battè plaudendo al sovrastante lutto

D'entrambo i regni, ed esclamò: - Vittoria!

La più squisita voluttà del male

Pensò un momento qual si fosse, e al giusto

Fermò ignominia cagionar per mano...

Di chi? - D'amico traditore! Il colpo

Più doloroso e a dementar più adatto

Chi molto amando irreprensibil visse!

- Un Giuda voglio! Il dèmone ruggia

Giù dall'alpe scagliandosi e correndo

Pe' teutonici boschi, e visitando

Con infernal, veloce accorgimento

Città e castella.

Iva ei cercando l'uomo,

In cui scernesse il dolce volto, e i dolci

Atti, e l'irrequïeto occhio geloso

Del venditor di Cristo; e non volgare

Mente si fosse, ma gentil, ma calda

Di lodevoli brame, ed inscia quasi

Di sè si pervertisse, e vaneggiasse

D'amor per tutte le virtù, e seguirle

Tutte paresse, e infedel fosse a tutte.

Tale, od un vero giusto esser dovea

Chi affascinasse d'Ebelino il core;

E Sàtan nol trovava, e con dispregio

Maledicea la lealtà nativa

De' figli del Trïon, popol rapace

Nelle battaglie, e in sue pareti onesto.

Ma quando già il crudel quasi dispera,

Ecco s'incontra in uomo onde il sembiante

Tosto il colpisce; e fra sè dice: - "È desso!"

Ed esulta, e più guata, e vieppiù esulta.

Quel benedetto dall'orribil genio

Era un prode straniero, e fama tace

Di qual progenie, e nome avea Guelardo.

Sul suo destrier peregrinava, e ladri

Or assaliva, degli oppressi a scampo,

Or dispogliava ei stesso i passeggeri,

Se mercadanti, e più se ebrei. Nè spoglio

Pur quelli avrìa, se a povertà costretto

Non l'avesse un fratel, che del paterno

Retaggio spossessollo.

A che di bosco

In bosco errasse, ei non sapea. Sperava

Dal caso alte venture, e perchè tarde

Erano al suo desìo, volgea frequente

Il pensier di distruggersi; e più volte

Dall'altissime balze misurava

Coll'occhio i precipizi, e mestamente

Rideagli il core, e si sarìa slanciato

Nelle cupe voragini, se voce,

O aspetto di mortali, o speranze altre

Non l'avesser ritratto.

- O cavaliere,

Salve.

- Scòstati, scòstati, o romito;

Oro non tengo.

- Ed oro a te non chieggo;

Ben d'acquistarne santa via t'accenno.

Vile è il mestier cui t'adducea sciagura,

Ma nobile è il tuo spirto. A me tue sorti

Occulta sapienza ha rivelate:

Vanne a Bamberga; ad Ebelin ti mostra:

Grazia agli occhi di lui, grazia otterrai

A' clementi occhi del regnante istesso.

Così Satan, e sparve.

Incerto è quegli

Se fu delirio o visïone. Al cielo

Volge supplice il viso: in cor gl'irrompe

De' suoi misfatti alta vergogna; aspira

A cancellarli, e quindi in poi di tutte

Virtù di cavaliere andare ornato.

In quel fervor del pentimento, incontra

Un mendico, e su lui getta il mantello,

E sen compiace, e dice: - Uom non m'avanza

In carità e giustizia.

E Sàtan rise,

E non veduto gli baciò la fronte.

Alla real Bamberga andò Guelardo,

Mosse alle auguste soglie, ad Ebelino

Supplice presentossi, e pïamente

Da quella bella e grande alma si vide

Ascoltato, compianto, e di non tarda

Aïta lieto. Un fascino infernale

Sovra la fronte di Guelardo imposto

Ha del demone il bacio. Allo straniero

Conglutinossi d'Ebelino il core

In breve tempo; e nella reggia e in campo

Quei Gionata parea, questi Davidde.

Mirabile brillava ad ogni ciglio

Quella forte amistà: Saran fremeva

Ch'ella durasse, e il volgersi degli anni

Affrettar non potea. Nè ratto varco

Sperabil era tra i pensieri onesti

Che Guelardo nodriva e la sua infamia,

Tra l'amor suo per Ebelin, tra il dolce

Nella virtù emularlo, e il desiderio

Scellerato di spegnerlo. Ma il tristo

Angiol si confortava misurando

L'immortal suo avvenire. Appo sì lunghi

Secoli, breve istante eran poch'anni.

Ed intanto ci godeva, a quell'imago

Che tigre, sebben avida di sangue,

Mira la preda, e ascosa sta, e sollazzo

Tragge di quella contemplando i moti

E l'amabil fidanza, ed assapora

Più lentamente la decreta strage.

Dopo tanto aspettar, s'appressa il giorno

Sospirato dall'invido. Al novello

Otton contrarie qua e là in Italia

Eran le menti di non pochi, e speme

Vivea secreta ch'italo Ebelino

Secretamente lor plaudesse. Il core

Di molti era per esso, e nelle ardite

Congrèghe entro a' castelli, ed appo il volgo

Susurravan, più splendido rinomo

Non avervi del suo; null'uom più voti

A suo pro riunir; doversi acciaro

Dittatorio offerirgli, o regio scettro.

L'augusto sir dalla germana sede

Contezza ebbe di fremiti e lamenti

Nell'alme de' Lombardi esasperate,

Ed a sedarle con prudenza invìa

Ebelino e Guelardo.

Alla venuta

Di questi sommi giù dall'alpe, e al grido

Che fama addoppia de' lor alti pregi,

E più de' pregi di colui, che sembra

D'onnipotenza quasi insignorito,

Ferve ognor più l'insana speme, e tutta

In congressi pacifici prorompe,

Ove i duo messi imperïali invano

Senno indiceano e obbedïenza.

- O prodi!

Così Ebelin risponde al temerario

De' corrucciosi invito; io condottiero

Mai contr'Otton non moverò, chè avvinto

Gli son da conoscente animo e onore,

E il portai fra mie braccia. E quando insieme

Del moribondo padre suo le coltri

Inondavam di pianto, il sacro vecchio

Nostre mani congiunse, e disse: - Un figlio,

O Ebelino, ti lascio; - ed a te lascio,

O figlio, un padre in Ebelino! - Ed era

In tai detti spirato. Allora il figlio

Gettommi al collo ambe le braccia, e molto

Pianse, e chiamommi padre suo,e lo strinsi,

E il chiamai figlio. Ove pur reo di patti

Violati con voi fosse il mio sire,

Biasmo sincer da mie labbra paterne

Avriane, sì; retti n'avrìa consigli,

Ma non odio, non guerra, non perfidia!

 - Deh! taccïano, Ebelin, privati affetti,

Ov'è causa di popoli. Ed ignota

Mal tu presumi essere a noi l'ingrata

Alma d'Ottone anco ver te, che dritti

Tanti acquistasti a guiderdone e lode.

Ombra a lui fa la tua virtù: onorarti

Finge, ma stolta è finzione omai

Ond'ogni cor magnanimo s'adira.

Possente sei, ma più non sei quel desso

Che ne' duo regni un dì tutto volvea.

Tëofanìa il governa, e da Bisanzio

Sul germanico seggio ov'ei l'assunse

Recò le greche astuzie, e lo circonda

Di greci consiglieri. Essi con lei

Van macchinando contro te ogni giorno;

Che se finor cadute anco non sono

Le podestà che a te largì il monarca,

Della tua rinomanza egli è prodigio,

E nel tiranno è di pudor reliquia.

Bada a' perigli, a tua salvezza bada:

D'Otton l'iniquità rotto ha i legami

D'ogni giusto con esso.

Un de' maggiori

Cosi parlò fra gli adunati audaci.

Nè, sebbene oltrespinta, era appien falsa

La parola di sdegno e di sospetto

Circa l'imperadrice e i cortegiani

Ch'ella a sue nozze addotti avea di Grecia.

Ma la candida e ferma alma del pio

Ebelin s'adirò. L'imperadrice

E Otton con nobil gagliardìa difese,

E de' Greci sorrise. Ei sì facondo

Favellava, e amichevole e verace,

Che i più irati l'udian con reverenza:

Con tenerezza quasi, ancor che invitti

Nel feroce astio e nell'ardente brama.

Di Guelardo lo spirto a quel congresso

Funestamente s'esaltò. Il diletto

Ebelino ei vedea, nella commossa

Fantasia, re, suscitator di gloria

Ad un popol redento. Il vedea bello

Giganteggiare in immortali istorie,

Com'un di que' supremi, onde la terra

Lunghi secoli è priva; e sè medesmo

Socio vedea di quel supremo, e a lui

Successor forse, e... Che non sogna audace

Ambizïon, se raggio ha di speranza?

Quand'ei fu sol con Ebelin, ridisse

Le voci insieme intese, e commentolle

Coll'insistenza del favore; e aggiunse

Maligno esame de' pensier, degli atti

D'Ottone, e della Greca in trono assisa,

E degli astuti amici ond'ella è cinta.

Quasi certezza accolse i più irritanti

Dubbi e i minimi indizi di periglio,

E gridò ingratitudine, e diritto

Alla rivolta. E a grado a grado questa

Ei necessaria osò chiamare, e il pio

Ebelin concitarvi. Lo interruppe

Finalmente Ebelin; duplice tela

Come già svolto aveva agli adunati,

Svolse di novo al tentatore amico:

Qua la turpezza del tradir, là i vani

Sforzi a potenza e gloria, ove bruttata

È nazïon da lunghi odii fraterni.

Negli aneliti suoi s'ostinò il core

Di Guelardo in quel giorno, e seguì poscia

A ridir con sofistica, inesausta

Facondia per più dì l'empie sue brame;

Sì che non poche volte il generoso

Ebelino in resistergli, dal mite

Considerare e dai soavi detti

Passò a dogliosa maraviglia e sdegno.

Turbossene colui, ma il turbamento

Ascose e il disamore, e da quel tempo

Crescente invidia in sen covò tremenda.

Novi succedon fortunati eventi,

Ch'ognuno attesta glorïosi al senno

Dell'ottimo Ebelin; ma più Guelardo,

Come negli anni primi, or della gloria

Del suo benefattor non va giocondo.

Ei con geloso sospettante ciglio

Mira la sua grandezza, e superarla

Vorria e non puote; e detestando, sogna

Dall'amico esser detestate; e pargli,

Laddove pria si belle in Ebelino

Virtù vedea, più non veder che scaltra

Ipocrisia. De' pervertiti è proprio

Non credere a virtù; d'ogni più certo

Generoso atto dubitar motivi

Turpi, ed asseverarli: in ogni etade

Così abborriti fur dal mondo i santi.

Da quello stato di rancor, di mente

Ognor proclive a gettar fango ascoso

Sovra l'opre del giusto, è breve il passo

Ad assoluto di giustizia scherno.

In Lamagna Guelardo ad altri uffizi

Di grande onor da Ottone è richiamato,

Mentre Ebelin nell'itale contrade

Resta moderator. L'ingrato amico

Sospetta ch'Ebelino abbia con arte

Tal partenza promosso, a fin di trarsi

Uom dal cospetto che in secreto esècri.

Del congedo gli amplessi ei rende a quello,

Ma senza avvicendar come altre volte

Palpiti dolci di desìo e di pena.

Infinto ei crede ogni atto ed ogni accento

Del più sincero degli umani, e parte

Coi fremiti dell'odio, e maturando

Di non avute offese alta vendetta.

 - Cieco tanto io sarò che vero estimi

Suo rifiuto ai ribelli? Or che si vaste

Son le congiure? Or che da lunghe e infauste

Guerre è stanco l'impero? Or che d'illustre

Nome a capitanarla, e di null'altro,

La penisola ha d'uopo? Or che oltraggiata

Dalla superba, greca, invida nuora

È quell'antica d'Ebelin fautrice,

La vantata Adelaide, che alle umìli

Ombre de' chiostri dalla reggia mosse?

Or che Tëofania palesemente

Lacci a lui tende e sua rovina agogna?

Il menzogner di me diffida: i vili

Diffidan sempre! Allontanarmi volle

Non senza mira ostil: me di qui toglie

Per regnar sol, per non aver chi forse

Sua sapïenza e sue prodezze oscuri.

All'amico ei rinuncia; ei nelle schiere

Del suo tradito Imperador mi brama,

Nelle schiere d'Otton, contro a cui l'asta

Scaglierà in breve; e tanto orgoglio è in lui,

Che nè lo sdegno mio, né la sagacia

Non teme, né il valor! Perfido! io mai

Stato non fora a tua amicizia ingrato;

Alla mia ingrato ardisci farti: trema!

Valor non manca al vilipeso e senno

Da smascherar tua ipocrisia. Ludibrio

Ne fur bastantemente il sire, i grandi,

Le sciocche turbe, e insiem con loro io stesso!

Così nel suo vaneggiamento infame

S'agita l'infelice, e non s'accorge

Che il re d'abisso più e più il possede;

Così travolve le apparenze ogn'uomo

Che a livor s'abbandoni:

Ecco Guelardo

Giunto ai reali di Bamberga ostelli;

Eccolo assaporante i nuovi onori,

Ma com'egro che, misto ad ogni cibo,

Sente l'amaro della propria bile.

Più sovra il labbro di Guelardo il nome,

Come già tempo, d'Ebelin non suona,

O su quel labbro se talvolta suona,

Laude non l'accompagna, e il favellante

Impallidisce, e torvamente abbassa

La pensosa pupilla irrequieta,

E la rïalza sfavillando; e ognuno

Scerne che di compressa ira sfavilla.

Del mutamento avvedasi esultando

Tëofania, s'avvedono i suoi fidi,

E al convito di lei con gran decoro

Visto sovente è quel Guelardo assiso,

Ch'ella tanto agli scorsi anni abborria.

Ordiscono essi alcuna trama insieme

Contro al lontano giusto? o la perfidia

Tutta covossi di Guelardo in petto?

Un dì da quel convito esce il fellone,

E quasi esterrefatto si presenta

Agli occhi del monarca, e a lui si prostra,

Ed esclama: - Ebelino è traditore!

Le rivolte fomenta; alla corona

D'Italia aspira: sciolta è l'amistade

Che a lui mi strinse! Eternamente è sciolta!

E false carte adduce in prova, e adduce

Di vili già ribelli, or prigionieri,

Menzogne tai, che faccia avean di vero.

Ed il monarca trabalzò, fu vinto

Dalle inique apparenze. Esitò ancora,

Dubitar volle novamente; a novo

Esame ripiegò la scrupolosa

Afflitta anima sua; ma le apparenze

Trionfaron più orrende e più secure.

Indi egli irato invia turba di sgherri

All'italo paese, onde sia tratto

Carico di catene il formidato

Duce a Bamberga.

L'innocente duce

Stanza a que' giorni avea in Milan. Posava

Una notte, ed in sogno a lui s'affaccia

Lo stuol de' cari, in varia guerra estinti,

Fratelli suoi, col vecchio padre; e il padre

"Fuggi, gridava, sei tradito!" E gli altri

Con affanno e singhiozzi ad una voce

Ripetean: "Fuggi, fuggi!"

Ei si risveglia,

E per quell'alme prega, e s'addormenta

Un'altra volta. E in sogno ecco apparirgli

Il magno Otton primiero ed Adelaide,

Non cinta ancor di monacali bende,

Ma il serto imperial sopra la fronte.

Meste eran lor sembianze, ed a lui: "Fuggi

Fuggi, dicean, del figlio nostro l'ira!

Ira per te sarìa mortal!"

Si desta

Il nobil duce, e per quell'alme prega,

E s'addormenta un'altra volta. E vede

Il tempo antico e la città solenne

Ove sorge il Calvario, e là pur vede

Di Getsèmani l'orto, ed appressarsi

Una frotta d'armati, e Iscarïote

Dare il bacio alla vittima!... Ed oh vista!

Iscarïote era Guelardo!

Balza

Spaventato destandosi Ebelino,

E que' tre sogni avvertimento estima

Dell'angiol suo. Fuggir vorrìa; ma dove?

Ma perchè? Fugge l'innocente mai?

Pochi istanti anelò fra que' pensieri

Di stupor, di tristezza, e piena d'armi

Fu ben tosto la soglia. Udì Ebelino

Che dal suo Imperador venìan que' ferri,

E il cenno di seguirli: ai manigoldi

Cesse con muto fremito la spada,

E porse ai ceppi gli onorati pugni.

Quasi ladro il trascinano, e Milano

E tutta Lombardia mira quel crollo

Sì inopinato. Il prigioniero obbrobri

Soffre inauditi; e non sarìagli pena

Dagli sgherri soffrirli: itale voci

Lo irridon per la via, maledicenti

Al passato suo lustro. E quale esclama:

- Va, di rivolte eccitator maligno!

Va, scellerata causa, onde su noi

Cesare versa il suo tremendo sdegno! -

Qual: - Va, codardo degli Otton mancipio,

Che d'Italia campion far ti negasti!

Ben or ti sta de' tuoi servigi il premio! -

Qual più schietto prorompe: - Erami noia

Udir chiamarti il giusto; alfin delitti

Potrem di te sapere ed abborrirti!

Quant'è lunga la via sino a' confini

Delle italiche valli, Ebelin tacque

Degli spregi sofferti. Allor che in cima

Dell'alpe fu, rivolse gli occhi, e alzando

Le incatenate braccia, - Oh maledetta

Troppo da' vizi tuoi, misera patria,

Sclamò, non io ti maledico! Il cielo

Figli ti dia che s'amino fra loro,

Ed amin te com'io t'amava e t'amo,

E più di me felici acquistin gloria

Senza espïarla con dolori e insulti!

- Maledicila! gridagli all'orecchio

Una voce infernal.

- Ti benedico

L'ultima volta! ripres'egli.

E pianse

Siccome pio figliuol sulla ignominia

D'una madre infelice; e gli sovvenne

Quanto già quella madre avea prefulso

In virtù fra le genti, e a depravarla

Quante cagioni eran concorse! E grande

Su lei di Dio misericordia chiese;

E dal dolce aer suo, dalle ridenti

Tutte illustri sue sponde, ei nè le amanti

Ciglia diveller, nè il pensier poteva!

Satan che indarno occultamente spinto

Avealo ad imprecar la patria terra,

Urlò di rabbia le sue preci udendo;

E di Lamagna per alture e piani

Corse con questo grido:

- È alfin caduto

L'italo malïardo, il seduttore

De' nostri augusti, il protettor di quanti

Di Lombardia traeano ad impinguarsi

Sul germanico suol, genìa predace

Onde la tanta povertà cresciuta

In quest'anni da noi! Tutti Ebelino

Nostri tesori al lido suo recava,

E colà un trono alzar voleasi, allora

Che ad atterrar le ribellanti spade

Inetto fosse per miseria Ottone?

- Ebelin mora! Universal risposta

Fu del tedesco volgo. Ed obblïato

Da migliaia di cuori in un dì venne

Quanto a lodarlo aveali invece astretti

La sua mansüetudine, il modesto

Non curar le ricchezze, il riversarle

Sulle infelici plebi, il non mostrarsi,

Benchè pio verso gl'Itali, men pio

Ver gli stranieri. Quella dianzi nota

Serie di virtù splendide cotanto,

Un incantesimo vil parve ad un tratto,

Una menzogna. Convenìa disdirla:

Riconoscenza è grave pondo ai bassi.

Esultan se pretesto a lor si porga

Di rigettarla, e attaccaticci morbi

Son odio, ingratitudine e calunnia.

Conscio de' benefizi innumerati

Ch'egli avea sparso, avea creduto ognora

L'irreprensibil cavalier che stretti,

A lui fosser d'amor cuori infiniti.

Le ripetute indegne contumelie

Lo sorpreser, ma tacque; e sovra tanta

Pravità de' mortali meditando,

Arrossì d'esser uomo, e innanzi a Dio

Umilïossi. E vanamente ancora

Stette Satan mirandolo e aspettando

Il desìo di vendetta e le bestemmie.

Chiama l'Onnipossente al suo cospetto

Tutti i ministri spirti, e a Satan dice:

- Onde vieni?

E il maligno: - Ho circüita

Dell'uom la terra, e non rinvenni un santo.

Ed il Signore: - O di calunnie padre,

Non vedestù l'amico mio Ebelino,

Ch'uomo a lui simil non racchiude il mondo,

Tanta nel suo dolor serba innocenza?

E l'angiol di menzogna ambe le labbra

Si morse, e disse: - Ov'è il suo pregio? Ei t'ama,

Perchè, in tuo amor fidando, ei palesata

In breve spera sua innocenza. Il braccio

Estendi, e più percuotilo, e vedrai

Se non t'impreca.

Ed il Signor: - Non forse

Giorni di prova assegno a' retti? Vanne:

Ebelino è in tua mano; anco sua vita,

Anco la fama sua, perchè maggiore

Torni suo vanto e tua immortal vergogna.

L'avversario precipite avventossi

Dal grembo della nube, onde i mortali

Atterrìa lampeggiando, ed in un punto

Fu su roccia dell'alpi. Ivi gigante

Si soffermò, e da questo lato i campi

Della lieta penisola mirando,

E dall'altro le selve popolose

De' boreali, l'una e l'altra palma

Battè plaudendo al sovrastante lutto

D'entrambo i regni, ed esclamò: - Vittoria!

Di là scagliossi alla città del trono

E de' cento felici incliti alberghi,

E delle orrende mura ove trascina

Sua catena Ebelin. Desta il demonio

Ne' giudici, che Ottone a indagin chiama

Dell'alta causa, aneliti vigliacchi.

Temon, se reo non trovan l'accusato,

L'ira d'Otton, l'ira d'Augusta, l'ira

Di quel Guelardo che per essi or regna;

E dove il trovin reo, speran più pingui

Gli onorati salarii, e maggior lustro.

Chi primiero è fra' giudici? Oh impudenza

Guelardo stesso!

Oh come il core all'empio

Nondimen trema, udendo che s'appressa

L'irreprensibil catenato! E questi

Entra con umil, sì, ma non prostrato

Animo, e reca sulla smorta fronte

Quell'alterezza ch'a innocenza spetta.

Cela Guelardo il suo tremore, e prende

Così ad interrogar:

- Qual è il tuo nome,

O sciagurato reo?

- Sono Ebelino

Da Villanova, amico tuo.

- Rigetto

L'amistà d'un fello: giudice seggo.

Che macchinasti co' Lombardi?

In viso

L'accusato guardollo, e non rispose.

E Guelardo: - A lor trame eri secreto

Eccitator; t'offrìan lo scettro, e pronta

Stava tua destra ad accettarlo in giorno

Ch'ansio esitavi a stabilire, in giorno

Che, la mercè di Dio, non è spuntato.

V'ha fra i complici tuoi chi tua perfidia

Al tribunale attesta.

E poichè muto

Serbavasi Ebelin, vengon a un cenno

Que' testimoni nella sala addotti.

Eran duo di que' truci esclamatori

Di libertà, di civiche vendette,

Di patrio amor, che ne' consessi audaci

Della rivolta più fervean, più scherno

Scagliavan sui dubbianti e sovra i miti,

E più capaci d'affrontar qualunque

Parean supplizio, anzi che mai parola

Di codardia pel proprio scampo sciorre.

Questi eroi da macelli, questi atroci

Ostentatori d'invicibil rabbia,

Come fur tolti a lor gioconde cene,

E gravato di ferri ebbero il pugno,

E il patibolo vider, - tremebondi

Quasi cinèdi, le arroganti grida

Volsero in turpi lagrime e in più turpi

Esibimenti di riscatto infame,

Altre teste al carnefice segnando.

Ad Ebelino in riveder coloro

Isfuggì un atto di stupor: - Voi dunque?

Voi?... Ma, qual maraviglia? Oh! ben a dritto

Io sempre le feroci alme ho spregiato,

E ben diceami il cor quali voi foste!

Ed appunto perchè troppe vid'io

Alme siffatte là nelle congrèghe

Ove il mio plauso si cercava indarno,

E pochi vidi eccelsi petti, avversi

Ad insolenza e a stragi, io mestamente

Presentii di mia patria obbrobri e pianto,

S'ella sorda restava a' preghi miei,

E alle minacce mie, quando insensata

Io vostr'impresa nominava e iniqua.

I testimoni balbettaro, e fisi

Gli occhi loro in Guelardo, il concertato

Calunnïar sostennero. Ebelino

Più non degnolli di risposta, e chiese

D'esser condotto anzi ad Ottone a cui

Parlar volea.

Respinge inutilmente

Guelardo quest'inchiesta, e così forte

La ripete Ebelin, ch'un de' seduti

A giudicarlo generoso alzossi,

Sclamando: - La tua brama, o il più infelice

Fra gli accusati, porteranno al trono

Le labbra mie.

Null'uom potè di quella

Anima schietta rattenere i passi:

Move all'Imperador, franco gli parla,

E il pio monarca inducesi al colloquio.

Mentre dunque l'afflitto incoronato

Nelle regali, splendide pareti

Aspettava che a lui tratto venisse

Il già caro Ebelin, nella memoria

Gli ritornavan gli alti e numerosi

Servigi di quel prode, e l'amicizia

Che al magno Otton, suo padre, avealo stretto;

E commoveasi ripensando quante

Volte quell'Ebelin con tenerezza

Lui prence fanciulletto infra le braccia

Portato avea, quante paterne cure

Prese per lui, quanti affrontati in guerra

Per sua difesa ardui perigli, - e il core

Gli si volgea a clemenza.

Ode sonanti

Nelle vicine sale i trascinati

Ferri del prigioniero, e gli si gela

Di pietà il sangue. E quand'entrare il vede

Pallido, smunto, gli si gonfia il ciglio,

E magnanimo pianto a stento cela.

Ebelin pur commosso era, calcando

Con vincolato piede oggi i tappeti,

Che tante volte avea con dominante

Passo calcati, e intorno a sè veggendo

Tanti, che in altro tempo a lui dinanzi

S'inchinavan temendo, ovver felici

Andavan s'egli a lor stringea la destra,

E ch'or s'atteggian contegnosi, e quali

A sterile pietà, quali ad insulto.

Giunto Ebelino alla presenza augusta,

Piegasi reverente, e aspetta il cenno:

 - Favella, sciagurato: uom con più caldo

Fervor non brama tue discolpe.

- Sire,

La mia innocenza esser dovriati scritta

Ne' lunghi intemerati anni ch'io vissi

Di tua casa al servizio e dell'onore.

In inganno te volto han miei nemici,

E me calunnia opprime.

- A tue parole

Aggiungi prova, e riputato il sommo

De' tuoi servigi questo fia da Ottone.

 - Se a te prova non son gli atti che oprai

Alla luce del sol, l'abborrimento

Sperimentato mio contra ogni fraude,

Contr'ogni ingiusta ambiziön; se nulla

A te non dicon queste mie sembianze

Imperturbate in così ria sventura,

Preclusa è a me di scampo ogni fiducia;

Anzi alle leggi mia supposta colpa

È attestata abbastanza. Altro non posso

Se non gli estremi del mio zelo sforzi

In quest'istante consecrarti, o sire,

Tai verità parlandoti, che forse

Più non udresti, se da me non le odi.

- T'ascolto, disse il rege.

Ed Ebelino

La propria causa obblïar parve, e diessi

A svolgere di stato alti consigli,

I bisogni quai fossero additando

Delle schiere, del popol, dell'altare,

De' tribunali, e della reggia stessa:

Quali i provvedimenti unici, rotti

Ed efficaci ad impedir l'ebbrezza

Delle rivolte, a raffermar lo impero:

Quali de' prischi imperadori, e quali

Del magno Otton le più laudabili opre,

E quai le insane; e come arduo ognor sia

Seguir le prime e non errare; e come

Gli egregi prenci a errar tragge talvolta

Adulante caterva. Accennò alcuni

Del sir lusingatori, accennò il vile

Cangiarsi di Guelardo: e brevi furo

Su lor suoi detti, e non degnò que' nomi

D'anime basse proferir neppure.

Ma que' rapidi detti eran gagliardi,

Siccome piglio di paterno braccio,

Che sovra l'orlo d'un dirupo afferra

Perigliante figliuolo.

Otton si scuote.

Da verità sì energiche, da senno

Sì giusto e luminoso ed esaltante

Non era stato mai colpito. In altri

Colloqui a' dì felici il buon ministro

Parlava il ver, ma forse in più gradita

Guisa, sparmiante del suo re l'orgoglio.

Ora è il parlar solenne, il grido urgente

D'uom, che vicino a morte anco un tributo

Di fedeltà solve al monarca e al dritto,

Tutto dicendo che giovar del pari

Sembrigli al trono e alle regnate genti.

Alla beltà del vero e del coraggio,

E di quel dignitoso intenerirsi

Che da alterezza vien compresso, e pure

Nella voce si sente e ne' benigni

Sguardi si vede, unìasi in Ebelino

Da natura sortita un'armonìa

Di nobili sembianze e di contegno,

Talchè valor più prepotente dava

A sua favella, ed escludea il supposto

D'ogni viltà, d'ogni codarda astuzia,

E facea forza a Otton. Perocchè Ottone

Stranier non era a simpatia per cuori

Di grandissima tempra. E fu vicino

A cedere, a gettare ambe le braccia

Del prigioniero al collo, al gridar: - Falsa

Tengo ogni accusa contro al mio fedele!

Ma Sàtan vide quell'istante, e spinse

Tëofania d'Augusto in cerca.

Bella

Era la greca donna e di vivaci

Grazie adorna, e scaltrissima e pungente

Ne' suoi sarcasmi, ed irridea talvolta

La bonaria alemanna indol con motti

Quasi di spregio; e di quei motti spesso

Arrossia Ottone. E perocch'egli amava,

L'affascinante sposa, ambia piacerle

E far pompa d'accorta alma inconcussa,

E a tal cagion solea de' generosi

Sensi in cor frenar gl'impeti al suo fianco.

Salutata dall'armi, il passo inoltra

Fra le colonne di que' regii lochi

La incoronata, e stabilisce e freme

In vedere Ebelino; e sovra Ottone

Lancia quel guardo che dir sembra: - Stolto!

Sedur ti lasci?

Tanto, oimè, bastava

A confondere il sire! Eccol a un tratto

Con più severa maestà atteggiarsi

Verso il captivo, e dir: - Riedi: a me il vero

Tutto paleserassi; e tu, innocente,

Gloria n'avrai; prevaricato, morte.

Torna Ebelino al carcere, e già scerne

Che inevitata è per lui morte. Oh come

Lenti di nuovo i dì, lente le notti

Volgon per lui! Quel sempre assomigliarsi

D'una all'altr'ora, e la perpetua veglia,

Ed il perpetuo tenebrore - e i cibi

Immondi e scarsi - e l'aspreggiante voce

Di questo o quello sgherro - e il frequent'urlo

D'altri prigioni disperati, in cupe

Vicine volte seppelliti - e il suono

De' ceppi loro, e quel de' propri - e il canto

Osceno del ladron che, bestemmiando,

La forca aspetta - e i gemiti dell'egro

Forse non reo che sulla paglia spira -

E il sollecito passo delle guardie

Che dicono: "È spirato!" - e questo detto

Che l'echeggiante corridoio in guisa

Ripete orrenda - e il pianto d'un amico

Che, udendo il nome dell'estinto, grida

Dal fondo d'un covile: "Ahi! gli sorvivo!" -

E per dispregio di quel pianto il ghigno

Od il sibilo infame di coloro

Che trascinano il morto - e, con siffatta

Serie d'inenarrabili vicende

Di castel, che i perenni affigurava

Dell'abisso tormenti, il ricordarsi

De' dì sereni che svanìr, de' plausi,

Delle liete speranze, e, più di tutto,

De' dolci affetti - ah! quella è tale immensa

Congerie di dolori e di spaventi,

Che dissennar minaccia ogni più forte

E sdegnoso intelletto! E se si ponno

Da intelletto simil serbar talvolta

Contro all'empia fortuna altero scherno,

O pensieri di pace e di perdono,

E di fede nel cielo, ahi! pur quell'ora

Amarissima vien che ineluttata

Mestizia il cor miseramente serra,

E non v'è chi consoli! Ed altre pari

A quell'ora succedono, e d'angoscia

In angoscia si cade! Ed un'ardente

Smania investe il cervello, ed impazzato

Esser si teme o brama! E il generoso

Petto chiuder non puossi all'irrüente

Piena dell'odio che in lui versan mille

Della viltà degli uomini memorie!

E feroce si resta, e di sè stesso

S'inorridisce e sclamasi: - "Son io,

Benchè non conscio di mie colpe, un empio?"

E chiedesi all'Eterno, e lungamente

Chiedesi invan, d'amore una scintilla!

Quelle angosce conobbe anco Ebelino,

Ed allora invisibile al suo fianco

Sàtan sedeva, e gli pingea coll'arte,

Ch'è propria a lui, tutto che meglio ad ira

E a disperazïon trarlo potesse.

Ed Ebelin pur resistea, e pensava,

In mezzo alle sue smanie, all'Uomo-Iddio,

Che sublimò i dolori, e fu ludibrio

D'ingrati e di crudeli: e quel pensiero,

Che insensatezza all'occhio è de' felici,

Insensatezza non pareagli, ed alta

Storia pareagli che gli oppressi in tutti

Lor martirii nobilita; e volgendo

Quella storia ammiranda, a poco a poco

Ammansava gli sdegni e perdonava.

Ma la parte del cor, che più dolente

Sanguinava, era quella ove scolpite

Stavan due care fronti. Una è la fronte

Della madre decrepita che in pace,

All'ombra degli altar, da parecchi anni

Viveasi in Quedlimburgo, e l'altra è quella

Della madre d'Augusto. Ambe le antiche

Serrava il chiostro istesso, e raramente

Alla reggia venìan; che ad Adelaide

Odïosa la reggia erasi fatta

Per l'imperar della superba nuora.

  - Qual sarà stato di mia madre, e quale

Dell'onoranda Imperadrice il core,

Allorchè udir la mia sventura? Iniquo

Esse, no, non mi tengono! Esse almeno,

Mentre a tutti i mortali il nome mio

In abbominio fia; caro l'avranno!

Così geme Ebelino. Un dì, ottenuto

La madre alfine ha di vederlo, e scende

Alla prigion del figlio. Oh inenarrati

Di quel colloquio i sacri detti e i sacri

Abbracciamenti! Oh qual pietà! Una madre

Che riscattar col sangue suo non puote

Di sue viscere il frutto! ed il più amante

Figlio che di sua madre, ahimè! in secreto

Deplorar dee la lunga vita!

Il giorno

Che dalla inconsolabil genitrice

Fu Ebelin visitato, oh da qual notte

Seguito fu! L'espandersi de' cuori

Nella sventura, è de' sollievi il sommo;

Ma dopo tal sollievo, allor che mesto

Il prigionier dalle pietose braccia

Di persona carissima è staccato,

E solingo riman, quanto più dura

Gli è solitudin! Quanto più affannoso

Il desiderio de' bei tempi in cui

Fra gli amati vivea! Quanto più viva,

Più lacerante la pietà ch'ei sente

Di sè stesso e d'altrui!

Me a tal dolore

Stranier non volle il Cielo, e in ripensarti,

O decennio del carcere, infiniti

Strazi ricordo, ma il più acerbo è forse

Quand'io, abbracciato il genitor, partirsi

Da me il vedea; quand'io, calde le labbra,

Del bacio suo, dicea: - Questo è l'estremo!

Non un decennio, ma più lune ancora

Durar gli allarmi d'Ebelino. Ei forse

Nel giudizio di Dio gli accusatori

Sperava iniqui col possente acciaro

Düellando atterrar. Chi d'Ebelino

Avea la forza e la destrezza? E quanta

Forza o destrezza in düellar non dona

Senso d'intemerata anima offesa!

Ma tai giudizi Iddio forse abborrendo,

Non volle che sancito il reo costume

Per Ebelin venisse; o del demonio

Opra fu l'impedirlo. Il pestilente

Aere del carcer nell'oppresso infonde

Maligni influssi, ed eccolo abbattuto

Da insanabili febbri. Il derelitto

Pur talvolta illudeasi, immaginando

Che alcun de' tanti, su cui sparsi avea

Suoi benefizi, or con repente mossa

D'onore e gratitudin s'offerisse

A combatter per esso: - attese indarno.

Spunta il dì della morte, ed Ebelino

Vien tratto innanzi a' giudici; e Guelardo

La sentenza gli legge! Il condannato

Udì, chinò la fronte, e rese grazie

Tacitamente a Dio che al sacrificio

Termine alfin ponesse; e bramò ancora

Una volta veder la genitrice.

Venne l'antica, e insiem si consolaro

Con nobil forza alterna, e con alterne

Religïose cure. Ella ed un pio

Ministro del Signor soli eran consci

Dell'innocenza d'Ebelin. Veloce

Scorre quel sacro tempo, e omai gl'istanti

Sovrastan del patibolo. Umilmente

Prostrasi ancora innanzi al sacerdote

Il giusto cavalier; quindi si prostra

Anzi alla madre, ed ella il benedice,

E si dividon sorridendo, e in cielo

Riabbracciarsi in breve speran.

Move

Per le vie tra i carnefici, agguagliato

Al più vil masnadiero, e contro a lui

Insane urla di scherno alzan le turbe.

Di quegl'inverecondi ultimi segni

Dell'odio altrui stupìa, ma per le turbe

Egli pregava. Ed arrivato al palco,

Con fermo passo ascese, e parlar volle;

Ma sue parole non s'udir, sì orrendi

Vituperi sonavano. Ed allora

Accennò egli medesimo al percussore,

E siede sullo scanno, e tosto il collo

Mise sul ceppo - e la mannaia cadde!

L'angiol della calunnia, abbenchè indurre

Non avesse potuto alla bestemmia

Il retto cavaliere, e or si rodesse

Invido i pugni, l'alta anima a Dio

Salir veggendo - audacemente "Ho vinto!"

Volea sclamar. Ma pria che la menzogna

Intera uscisse dell'infame petto,

Piovver dal cielo i fulmini, e il bugiardo

Spirto ravvolser negli eterni abissi.

Ov'è il Giuda novel? - Perchè perduto

Delle guance ha il vermiglio, e la baldanza

Della voce e del guardo? - E perchè al riso

Che da Tëofania volto gli è spesso

Non ride, e gli occhi abbassa, o spaventato

Mira a destra e sinistra? - E perchè a sera,

Se in luoghi oscuri passa, affretta il piede

A illuminata parte, e ansante giunge

Quasi inseguito fosse? - E perchè cerca

Talor per via i mendici, e su lor versa

A piene mani l'oro, e di lor preci

L'aiuto invoca, e inefficaci poscia

Di quei le preci ei furibondo chiama? -

E perchè ne' festini alcune volte

Cionca e sghignazza, e intrepido si vanta

Contro a tutte paure, e quando a letto

Va nell'ebbrezza, trema ed urla, e al fido

Servo chiede il cilicio e se lo cinge?

Pentimento ei bramava, e scellerata

L'alma era fredda, e a pentimento chiusa.

Un dì, colui con altri sommi duci

Passò a fianco d'Otton sovra la piazza,

Ove ancor d'Ebelino ad alto palo

Vedeasi infisso il teschio. Il traditore

Volea finger letizia, e le pupille

Miseramente stralunava, e insieme

Forte i denti batteangli. Ottone il guarda,

E vacillar sovra l'arcione il vede,

E a sostenerlo accorre.

- Oh! che ti turba?

Oh! che ti turba? Gli ripete.

- È desso!

Sclama Guelardo, il mio tradito amico!

Chi dal giusto immolato mi sottragge?

E prepotenza di rimorso invitta,

Ma non pia, lo costringe. Ei maledice

E terra e ciel, ma l'alto arcano svela.

Folto drappello d'ottimati, e folta

Moltitudin di volgo al confessante

Fa cerchio, e inorridisce a sue parole,

Tutta imparando la esecrata istoria.

Da tanti petti universal s'innalza

Un lamento: - Oh sventura! oh atroce colpa!

Il caduto Ebelino era innocente!

Ed Otton più che gli altri inconsolato

Raccapricciando grida: - Oh me infelice!

Era innocente, e trarre a morte il feci!

Il traditor nel suo sangue stramazza.

Qual mano il colpo diè primier? Mal puote

Fama saperlo. I più disser che ratto

Un ferro in cor si configgesse il tristo,

Altri che Otton percosselo. Il tumulto

Ferve con rabbia orrenda. In cento brani

Ecco lacero, pesto, annichilato

Il cadavere infame. E s'inchinaro

D'Ebelino anzi il teschio e imperadore

Ed ottimati e popolo, e nel tempio

Dato fu loco alla reliquia santa.

Alto clamor di giubilo e di rabbia

Rimbombò nell'inferno, al piombar quivi

Il traditor, ma sol menonne festa

L'abbietta e sciocca de' demonii plebe:

Il lor superbo re, poste con ira

Su Guelardo le luci e le calcagna,

Urlò: - Che gloria alma sì vil mi reca!